幻の光の中で

田中勲

七月堂

目次

*

装幀・伊勢功治

幻の光の中で

運ぶ男

明治に祖父がかまえた家のちかくには
肩をなべてできたちいさな駅とおおきな工場
女工たちの綿布の花が咲きほこったふるい記録よりも
乗客の荷物をかってに運ぶ男の
わけのわからない
噂をひょいとなつかしむひとがいる

男は乗客のにもつをはこぶだけ

奇妙なエンドルフィンで（客の笑顔が唯一のよろこびか）
がくえんをぬけだしては
母のすむわが町の駅へと、
隔離たちのしろい目を横目に、運ぶ男を
死にもの狂いでつれもどす先生がいた
他人の目は口より怖いから

（五十を過ぎて）青洟をかじり
息せききって運ぶ男の淋しい名など
二、三度聞いた（とはいえ）
思いださせない、あれほど口にしたものを
阿漕な記憶のくさりは、かんじんな一言さえとりおさえられず
不運、という
口は非人（ひとでなし）のもとか

水の声

あの土間の大きな甕には
水の影もしんとして歳月を湛えていた
雪の頃には反復する寒い淋しさで
頭を振ってはらいのけた
あの土間も甕も
見しらぬ人の影までただ怖くて

（そんな祖母の話をききながら、囲炉裏の

ぬくもりのなか、眠りこけていたのだったか）

雪が消えてしまったいま
息を殺した水の形がうかんでくる
物質であればきまって非物質とのはざまで
お互いに惹かれあい接近する
それが消滅のはじまりか、
それともはじまりの消滅か

（遠いむかしの河底の村の詩は詩、死は死、
しかも巨大な甕の神が奉られたという）

寒い日の消滅のわけとは

母の命日を思いうかべることではない
かつての暴れ川とおそれられた
黒部川四十八カ瀬の氾濫で
流失の魂のよりどころであった
強大な甕こそ沃野の源と
薄氷をはった甕のなかにあるふれる挿話をとじこめる
天の声をけすように
降っては消える循環のいのちの雫もある

（湖底にはまぼろしの神社があるという、見たことも、
聞いたこともない、不治の病を、癒やす水を湛えて）

振り返る、零の中の世界を、
どうして忘れないのだろうか

はるかな記憶の視野にふる真夏の雪は、
絶望という響きににて、ささやかな願望さえ
もうもどらない　亡きひとの声を咀嚼して

往年

時の流れは
河にたとえられるが
人々の記憶は
魚のように遡上することもなく
豊かな力も
死ぬ、
見えない力のはなしではない
見えない死のはなしではない

力は死か
死は力か

膨大な人類の記憶の果てを遡上する
一匹の年魚を、釣った喜びは
一滴の雫の力
一瞬の眩しさ哀しさ
莫迦莫迦しさ、とは言うな
だれかの透明な影がふりかえる

かつて、街角の占い師は
映画「渚にて」のポスターの下
世界最終戦争のカードを弄んでいた

忖度

亡き母が
いつもこの部屋で
目に悪い光りの痣をあびていた
ひとりの気ままな暮らしも
狭い廊下は昏く
下界との連絡口のように
ときどき濡れて光っている淋しさ

油断ならない気配も知らず
目も口も閉ざしながら
ピグマリオン効果を願っていたと思いたい

振り返る額の中は
立山地獄谷の白い吐息か
氷河期の
生き残りの白に、忖度もなく
木彫りの鳥の悲鳴で
母は目をさますはずだ
雨上がりの午後は木漏れ日のなか、いつも
泪にぬれながら、それって
永遠、永遠だね

されど非望

水に映る
真夜中の月影は
やぶれかぶれの感情を引き延ばし
揺れて、ちぎれて
半透明のくらげのいのちをみすかすように
世界滅亡の予言者を
買って出る
植民地のひとびとは
遙か遠く

想像だけの水の中
月影に揺れる逃走や
闘争の、氾濫に
しったかぶりの心痛は
羞じのうわぬりにちがいないけど
生きるが勝ち
生きるが勝ち
夕べみた夢からのがれられず
よじれた水底の小石などを砕いて
煙に巻く
礼節知らずの
不機嫌な坂の上の果実に
おびえている
苦い水だよ、

大正の影

（1）

まだ東京でも珍しかった車両
その個室が極小化して
時代の喧噪を逃れたという
田園では
日々弱っていく地霊たちの擡頭

「緑色に金を入れた白い天井
赤いモロッコ皮の椅子や長椅子
壁に懸かっているナポレオン一世の肖像画
彫刻のある黒檀の大きな書棚
鍵のついた代理石の暖炉
そしてその上に乗っている父親の遺愛の盆栽」

若い芥川竜之介が
郊外の邸宅をたずねた時の文に
釘づけの
読者はわずかの痛みで素通りできたのだった、昭和初期の
ヒポコンデリーから免れて
田園に転移する
爛熟の日々悩める生命の花びら
男は驚喜する

「おお、薔薇、汝病めり！」と
先端の女に背をむけ
朽ち果てていく新時代の、愛の光にむせながら

（2）

辞書は一粋の余地もない
下層生活者の夢にまぎれる自由ではない
他人同士は視線もあわさず、ぎゅぎゅうづめの濁音をきらう
不平不満は深夜の川をながされて
偽装の都にも朝はめぐる
下界の風に生涯ふれることなく、都市をめざしておきながら
悲惨な影たちは

どこかの仮説の机で
深夜、膨大な頁の、首をしめる、唯一のたのしみ
さびしさを踏み倒しせまい墓場をふきぬける文学者たちの荒い鼻息もきえて
昔の脳病院は跡形もなくとだえてしまった
都市のかたすみでは
みえないけれどちいさな幸福の庭もあって、みえるひとには一縷の望みか、と
ゆめのはしごをかけるが
余計な思惟などなにもみえない
自分だけは死なないと、死について一粋の余地ももたない影たちは
ビルをよじ登る不自由な影を
振りかえる

自分の影を蹴る他人、他人の影は、不真面目な私の影をたたく
影の不謹慎が
つもり、つもって真夏にふる雪やみぞれにまじる

深夜、仮説の机を埋めた
ぶあつい都市の一隅の
頁の端で
死語のあたまをおさえていた

泪橋

百年ひと昔（と、だれがいったか
樋口一葉が思わずなみだをぬぐう時代まで
ページはめくれて
なぐさめている影は、森鴎外か永井荷風か、
二十一世紀のゆめのみちばたで、過去に立ち尽くす勝手もある
ただごとではない　夢想なら、
一滴の水が一カ所に集中するところに
人があつまり集落が組まれ
予測のできない一滴の水の幻影

夢想をこえて氾濫する他人という
思惟にページはめくれてただごとではない
(なみだをうかべ、文語のなかで
封印してきた隠微ないみも
口語のなかで、とつぜん吹きあれるという
雅楽のあらしに防御すべきか、
ひれふすべきか、いずれ変貌する
光のとどかぬ地下にもぐろうとも、自分のほかは無闇の闇という洞窟なら
水と緑をうしなえばかがやくはずがない
のぼるか氷河のオーロラまがいで
人も街も七色の渦のなか
(おれがなぜここにるのか
この世とあの世のしきりさながら
枯れた脳髄の橋の上
へらへらわらっているのは、全く意味のない
不吉なおれの泪にゆれる

影ばかりの　夢か現か
ありふれた不機嫌な林檎たちも
いまだに
漱石の力が不倫のこころをゆすろうとも
全世界のだれひとり
己の明日の命はしらない
夢想を超えて氾濫する他人の命はしるわけがない
泪橋の
ゆめのみちばたで
過去に拉致されながら立ち尽くす
つくり嗤いがとまらない

小さな思惑

過去こそ真だ
と、云った遠い詩人の
声がめくれて
わが脳内では
日々置き換えられている
監視あるいは機関という思惑まで
みえない手の真こそ
過去か
日々が膨大なページの

懐疑的なこころによせる手元の
落丁はありえるだろうか
待ち伏せている尋常ならぬ不安さえ
落胆することも、
ありえないとはいいきれない
豚？　豚なもんか！
罪深い
今日明日はみえないものの
不安を弄ぶ古い傷あと
俗に季節の変わり目でさえ
不機嫌な欺瞞でみちあふれている気がする
脳内の
監視あるいは機関の手を
いつまで懐疑的で透明な包帯にささえられて
物覚えの悪い
食指の骨折をなげいている傲慢さ

甘いしずくに
とろける思惑だって
なにもかもわすれることで
立ち直れるものを
（母が遺した大学ノート十二冊の日記は
　十五年経った今も、目を通せないまま）
いつか私は死ぬ人間と
抒情を吹き流す風に
振りむけば、疑惑も比喩も
目隠しのまま
何処の空を目指せといいたいのか

月は誘惑する

一九五八年一月三十一日
宇宙船に乗りこんだ
　雌犬のライカは、
　　いまどうしているか
　史上初の快挙は
　対国の陸軍を
ふっとうさせて
エクスローラー一号を
　打ちあげさせた

二〇一〇年代にはいった今も
蒼い月をめぐる、
なぜか呪縛が解けず
宇宙で美しい火花を
散らしたかどうか
その後のライカのいのちも、功績も
一時の栄光と忘却のために
地上をめぐっているとは

詩以前のことばを
拾いあつめて
暖をとったころの
蒼い月をめぐった

犬の真の歓び悲しみは
　めったに
　　人類には伝わるはずはないもの
他人の心のなかに
　　割りこむ余裕から
人々はとっくに
見捨てられてしまったからか

まるで美しい小説のなかの
　月は、鳥の嘴の形で
父が溺愛したぼくの妹への
　　　禁じられた凶寓
まがまがしいことばの
　　過ちの影絵さえ
けっして他人にかたることはない

誘惑する蒼い月でもあったものを

この世から消えることはない
不幸な物語
しぶとさで
二〇一〇年代のいまも、しいたげられ
闇に漂いよるもの
あれは忘れ去られた死者たちのリザベーション（保留）
闇の虚実がふりしきる、
凋落を
かくすためだけの
黒白の雨か
ふりしきる星屑

幻の光の中で

角をまがると
羊の群にふさがれて、露地へとにげる
わ、牛の群がおしよせてきて
北に折れる、と
いきなり馬の群が迫ってくる
夢のなかの角は冷たいだけ
一瞬の稲妻に危うく難をのがれて
振りむく
どこの霊のしわざだ

通り雨が明るい

ふと曲がった
埃りっぽい時代の角には
ちっぽけな杭さえ打つことができない
月に一度かよっている
病院の道順でさえ
踏み外す

世界の地図をよむ悦楽は
間違い探しのはじまりか
魂の破れたひとばかり
この待合室でときどきなつかしい死者と
すれ違うのだ

世間が痴呆とは
いわなくなってからも
じっさい痴呆は不滅なのだと
ごろあわせの地方も
すっかりわすれさられている

そもそも帝都復興時代の人々は立派だったと
当時を生きぬいた
伝言だという祖父がよみがえる、
今頃、光のなかに
市民の心意気までが
遙かかなたの時空を超える
見えない風の筒をつたって、
祖父の言葉さえ
およびもしない向こう側の

不可侵なことばだけのまじわりだから
より純粋につたわるのだ

向こう側の人々の群れは
常に復興の交信をたやさなかったと、
ふりかえりざま
羊の群は陽気にみえた、
牛の群は愚鈍にみえた、
馬の群はおぼえていない
ぼくの都合で他人にはなりかわれない
しあわせ、あるいは不しあわせと
不都合な角の柿の木のえだに
捨てられた
寓話の糸でんわが
春二番をまっているわけがない

不吉な夢からめざめる朝
相もかわらぬ弱肉強食時代はつづくのだろう
蜘蛛の糸もみえずたよらず
虹たつ噴水の自堕落さ
堕ちろ　堕ちろ
なつかしい死者の声が空から
読解不能のあんごうをまきちらす

巻頭を独占している
売れない
本の
帯を、風がばらす
核心の寒さまぶしさ

福耳

凍えた足のゆびさきから遠ざかる昭和のかいだんをなつかしむぼくの敬意とか
経緯とは争わず世間の自省にそって動物のせつない鳴き声が耳をねじまげたり

内面的こりつばかりの日々、
無理にすてさるおもいも
無駄にすごした悔いに
かわって、
うすい瘡蓋をはぎとるくせで
ふっと人生の浪費をふりかえる畔道

忘れたふりをするが無責任ではない霧ふるむこうはいつも闇だからゆらめく外
灯の下、あの世にとけ入ったものの影がにじむのだろう

無意識の仕業か
生きのびようとする
せいぜい非器の無力にくちびるを噛む
時代屋の苦労とか、
誰と語ると言うのではないはずが
久しぶりの田舎の家でいやされて帰る

田園では不熱心な瑕瑾をとがめる砦もみえない。段ボールの砦をぶちぬくよう
に黄ばんだノートのなかでいきをひそめる男はあの世にとけ入ったものの泪か

神をやどした自在鉤が
火の元を守る
なつかしい祖母の
福耳と
別れてきた、自在鉤も無視で
祖母が焼いてくれたおかちん*をほおばった
久しぶりの田舎味
ほんのすこし藁の香りにむせる

遠くには、くずれかけたかいだんの見しらぬ他人の陣地にしがみつく影か一面
田園の向こう竜巻におそわれた韻文の森、言葉の遺体がふりつもる妄想も哀れ

必死で堪える、予感もじんじょうじゃない
ようやく街の空き店舗のかどをまがり
いきなり鎖をきった犬にかまれる
不覚の幻覚、
あまりにも耳元の痛みのない哀しさ
あれも、
死後のおもいでならばと、
聞き分けている

＊東京弁でお餅のこと

物影論

僕の部屋の壁のうえに、いったいいかなる物影が、類いなき力強さで、痩せ細ったシルエットの幻の投影を描きだすのだろうか？（ロートレアモン『マルドロールの歌』（栗田勇訳）より）

そこ、ここに在る
物の存在は影のありかが証明してくれる
形態や質感は影の濃淡や滲みによって知ることになる
どんな形であれ影がそこにあるから
物の輪郭を察知することができる
それにしても光源が神聖な神の領域だからと
影の様相によって影の深さをはかることで
実態としての物質に触れることになるのなら
水には水の、火には火の、風には風の

ひそかな影の結合は密談のはじまり
われわれは常にみえない密談の結末だけをしらされて
つまり影だけとやりとりしている
物を見る直前にあたえられる不可視の情報は
そこ、ここに在る
つかみどころのない影ばかり

*

われわれのの背後に宿る影を先祖の霊魂というのは
とんでもないいいがかりである
ひとりの人の影には
ひとめかしのひとでなしやひとなつっこい人似猿もいて
人泣かせな人減らしのムラが
非人の避妊を否認する
ことばの遊びにも疲れてしまって

実態としての物質に触れることになるのか
無意識のうちに影が情報となり
われわれに行動を喚起することになるのだが
狂気は凶器
一瞬の影は一瞬のいのち
だが、影のままで生き続けることはできない
あふれるがらくたの除法も進まず
文明のいたずらという言い逃れもあるが
許されるはずもない

＊

それにしても直感や予感は
どのような回路を抜けて狭い露地で咲くというのか
非人の否認を避妊する
密かな影の結合は密談の始まり

夜明けを待ってひらく東雲草のまっ白いさみしさ
慈悲の入谷の鬼子母神境内で
求めたばかりの
鉢を割ってしまった痛い油断の影のおたんちん
ふいに俤がとびこんでくるのは
なんという影のせいか
影が影を捏造することはありえないことだろうか
ことばがことばを捏造することはありえないことだろうか
捏造された影やことばで
この世の空間はすでに爆発寸前と云うことはないのだろうか
抹殺されてもゆるすことができない
悪辣な影の一つや二つは誰にもあるだろう

＊

物の存在は影のありかが教えてくれるから

狂気は凶器
風になりたい影もあるか
ひとがひとを足蹴にする心理劇のように
影も影を足蹴にする新世紀だから
虚偽の影が蔓延している
巨大な病室もある
すでに汚れちまった人類の巣には
つねに見えない密談のけつまつだけが投げだされて
紫匂う藤は不二の不治であるというように
つつがなく蕪辞を連ねて無事をいのる
長い影の一日が
また始まる

＊

物影とは

本来もの淋しい存在であるはずだ
と決めつけてはいけない
狡かろう弱かろう男どもにとって
人間の屑という生き物の影は
この世を去って
霊魂になれたとしても不滅だろうか
物の輪郭とその存在の証明のためにだけある
影の様相は冷静でなければならない
消滅するまでの天文を仰ぐときも
星影のきらめきが
一瞬、また一瞬の死の
連続の影となって
われわれは見知らぬ恋情の影と闘うことになる
無意味こそが影の実態なら
物影（ものかげ）から覗く
永遠にきらめく捏造の敵どもを打ち落とさねばならない

打ち落とさねばならない

（Ⅱ）

そのものの、はじまりが
不明という献身にゆだねる量子論に
つきまとう思考のかげは
まるで死と苦悩をあぶりだす
いたしかたのない世界の習わしとでもいうのなら
許す許さないという語彙の
範疇どころではない
人にはひとつではない無数のこころがあるからには
平面の砦を観察する歓びもあったか

影の存在をむしした宇宙にある日々新たなる推論が
隠微なかげをひきずりながら
女が花弁をひけらかそうと
情夫のあばら骨を拭き取ろうと
物の陰影には悦楽の雫一滴ものこさない
薄っぺらでベラボーな存在としても
鳥類ののど仏の光源があってのダークエネルギーに
未だ見ぬ夢に
夢みよ、という
研究者の悲痛な叫び声も

世間が無関心のまばたき一つで掻きけす珈琲のかおりに似た風情
そのものの、はじまりが
美術館内の別室である談話室にただよう
腐ったたまごの悪臭もある

＊

それも気配だから
うちけせない
自信のとぼしいかげもあって
仄暗さが
素通りする足下にほそい亀裂がはしる
冥府につづく回廊が
満潮時には大河のながれとなりゴンドラをうかべて
迎えがくる
古典的な平面論が波うっている
一枚の大きなかげもあって
詩作の階段をゆっくりくだる不安に襲われる

しかし光源があたるあたらない
といった物体につきしたがう
主従といった関係は
立場で転倒する
視点を
今更のように主張するつもりもなく
影の側に身を置くことを識っている者から見れば
それもありなのだと
納得できるだろう
だが、一枚の平面的な影には
たしかに影の
不都合もあるかもしれない
光源を浴びるある物体にまつわる
歴史や時代や空間的な制度に関係なく
受身的な不安を
見せつけるにはもってこいかもしれない

死んだ言葉の影に意味などあるか
死んだ狐や兎を
映うつし出す昔話の影から
夜空に描く
星座の物語の影まで
それぞれの内面に潜む
すべて影の影、
己の生命の影は生涯己には見えない
盲目的に死の影の本性を宿すも、

絶無

天上からみはなされたものが
蠢いている
蟻地獄ではないこの街の
地上の寒さを、ぬくもりというのは
哀れな男の教養のしずく
男どもはいつから
この世の悲哀をせおって生きはじめたのか
生き甲斐にきりかえた孤独とは
武道的な不遜の夢か

破壊せよ！（五十年前の呪詛がなぜいまごろよみがえってくるのか。はるかな六十年代へと逆流する企業爆破テロどもの悲劇がなぜいまごろよみがえってくるのか。望みなき吹雪の夜のはてしなき曠野の夢よ。呪詛よ。）

極寒の日は
山の猿の親子が死線をこえて
ふもとの露天の湯につかりにくるという
至福に至るひょうじょうが
人間よりせつないと想像したりはしない
言葉がつうじなくなって
細い意志がふみにじられる
この世のせつりが
せいぎをふりかざしても、まけおしみの雪もふらない夜もあって破壊せよ！（古き者に美しく哀しい復権などあるわけはないが、永遠の静止という小津安二郎の画面のなかに生き続け魅了しつづけた視線へのノスタルジーならぬ沈黙と抑制のなかの暮らしの余韻は、いずこに。）

一方がべんりになれば
他方が僻地になるはずはなし、
孤絶感という壁をこえるつもりの
無為なる無言にたいしてさえも
いつもそこに自然はあって
あれた私有地を囲繞する
地主も小作も、ふるい土地の精霊であれ
罪のいしきの絶無には
もうおどろくこともなくなった

破壊せよ！（あの闘争でＫ教授のお嬢さんのＭ子さんが亡くなった日、新入生のぼくら後楽園の分室での悲痛な怒りをいま凶暴にふりかえらせて空の彼方を流れる雲よ。すべてが虚しい、時の場所よ。）

既にわれわれという言葉も死んでしまって
天上からみはなされた者の声などとどくはずもないものと諦めるまえに
偽善のふるまいに陶酔している
笑う死体を
いまさらに破壊せよ！
というその声に
失われた時代の美しいものがよみがえるはずもない
記憶のなかの静謐も絶えてひさしく

憂鬱な日々

……不意に振りむかせる不測のかげは、美しい獣か淋しい首都のろくろっ首。じり、じり、じりっ、とにじり寄る足音。たぶん足下からシーツがめくれる感じで。さっきまでの頁をめくれば頭の中を冷たい指がすべってにげようとする

他人の夢を堰きとめる
荒い息づかい、
消滅するものの出入口、だったか
と、物の影は、

付属的、補完的な存在。

だから影の力は、光りの存在を証明するのみと、乾ききった地上に陰影という
くっきりしない情感のしずくを中和する、悲惨と絶望の戦争夜話を懐かしげに
語る伯父の愁いにゆがんだ影ににてくることか。
はら、はら、はらっと、すでに呪文のことばは掻きけされ、しがみついている

細い意識の縄ばしごに陰嚢がこすれて
もうすぐ落下の不安に
はっと、
夢からめざめる
昇華する高揚感か、世のなかの影が追いこしていく予感
かくしきれない本心に
硬直するうそを

案じ、
影をさがす
と、物の影にスポットをあてることは
無理なことか。

そこだけくっきり光りに吸収されてしまう存在は複雑な思いを抱かせる、しばしば手術台の上で神の手によって切断される末梢神経の美しい氾濫がある。わたしは切開はせずとも食事療法で完治したが、何人もの悲痛な影の叫びを聞いた。影は雲鶴模様を醸成する。

さっきまでの頁をめくる
彼の微かな声か吐息がきこえた
五年も前に完治したはずの十二指腸が
錯覚によじれる

ことばに張り付いた痛み？とは
のがれられないものか
あのひとのことばが
しのふちよりよみがえることは
もうないときめながら、
と、東都の某先生から嬉しい便りの電話があって。
影は雲鶴模様を醸成するか。

……いまも振り向かせる不測のかげは美しい獣か、淋しい首都のろくろっ首。
急に夕べの影の傷みが消えたようなきがする。今朝はことばに張り付いた傷み
を珈琲で流しながら、かけがえのないモノの欠如に耐えることばかり考える。

目を閉じる、
稲妻が走り紫のつららが

いきなり未生の夢の
隊列を串刺す
波打ち際でひろったはずの石ヤリ、
夢ならば艶のある厚手の感光紙にくるもう
体内から吐き出した
翡翠ではない
ことばにならないことばの影、
と、その「と」できみは息を繋ぐ。

意識的な淋しさに「と」を外すことを考えてみたが、他のことばでは、つなぎ止められそうにない。宇宙飛行士の強靱な身体を渇望してみる真実の声の「と」にうちのめされるときもあるのか。

……いまも振り向かせる不測のかげは美しい獣か、淋しい首都のろくろっ首。

と、あれは美しい都の死者、或いは死者の美しい都。のようにいきなり振り向くモノ。幾世代もの層を成した虹の成層圏。親しげに近づく影の声が

野鳥譚

きみの声が
素直にまぶしい誤解を振りむかせて
いまさらその転生と
笑いをかみ殺していたころ
心のなかを風が吹きぬけてくれれば
もっと遠くとべたろうか（イツモハゲマシテクレタ
　サビシイ夢ノ命運マデハトリカエラレナイ
ダレガ他人ノ夢中ヲ引ッカキマワシニクルトイウノダロウカ。）

きみの背後は
いつも哀しみを纏うのはなぜだ
宇宙がくりかえす
膨張と収縮による
はからずもあの空の外側には
数えきれない空がある、黴び臭い頁である
一九九〇年代の某詩誌に
「野鳥苑・異聞」を掲載したとき
「亀足」(鶏肉ノ足ニ巻キ、
　手ヲ汚サナイヨウニスルモノノ意味ナドシラズ。)

亀足と喚びならわされ
むろん「気息」
「貴息」あるいは

「驥足」でもない、
その切ない「ことば」の野鳥をおいかけながら
途中下車のままひきかえせなかった（タシカ沖縄ニ移動シタカレトハ
　三十年前ニイチ度、渋谷デアッテ、ボクトオナジ渡リ鳥デアルコヲ
　タシカメタ、電話モドンドントオクナッタ。）

あふれる推論に
死後の世界は埋めつくされていようとも
鳥類への転身の小さな路ぐらいあって
咎めぬ神々がいてもおかしくない
傲慢な人類はだしぬけに野鳥をめざす
さまざまな鳥の生息地がある
およそ五百種類はいる（五百羅漢とまちがうなよ）
野鳥には、
やがて人類に生まれかわるという夢みる権利はある

膨大な過去がつくる
都市伝説の「庭園化」をなげくというよりは、
捕食してくれる
存在価値の大きさを考えることのほうが
大切か。

「自然トイウ
　　自然主義トイウ
カツテノ壇ノ空ノシタデ、
　　　ミシラヌ私生活を
　　性生活ヲオクメンモナク吐露スル
誤植ノヨウナ作家ノ貧シク淋シイ生活シカヨメナイ
　　　　フルイ日記ニヨレバ
　　気弱ナ少年ダッタトイウ
秋声、トイイ

花袋、トイイ
　明治ガジデンフウヤジデンヲウミオトシ
書キツヅッタノハナゼカ」

日本列島は野鳥にとっては大陸と大陸を結ぶ橋
「旅鳥」にとっては列島はよい休息地
それにしても、
明治が自伝風や自伝をうみおとし
書き綴った理由とは、
この国の人々は
不自由で気弱すぎたのか、その逆か。

「自然トイウ
　自然主義トイウ講義に

ボクラノ異和感ハ、白イのーとヲ黒クヨゴシタ
　（カタイ！アタマハ、シュウセイ！デキナイ）
　ヤサシスギルカラカ
秋声、トイイ
花袋、トイイ
　明治ガジデンフウヤジデンヲウミオトシ
書キツヅッタノハナゼカ」

ふたたびみちてくるこの風圧はなんだろう
きな臭い、瓦礫のむこうに息を殺してひそむもの
揮発性の強いコロンをふりかけたような
生肉の腐った料理か、
今も塹壕でねむる無名の骨壷らしきものが
テレビのおくにすうっときえていく。
（スッカリ体力ヲオトシテシマッタノカ

元気ナ明治ノ詩ヤ小説ヨリモ、カナシゲニ
カマカセノ隠喩ノ肩ヲオトシテオイル）

きみの言葉のとおり
本質的には凶暴きわまりない自然の力をたしかめたくて
振り返る、修正のできない風景もある

「自然トイウ
　自然主義トイウ不自然ナ明治ノ華モ
　　都会ノ夜ノ瑰麗ナキモノヲヌギステル
秋声、トイイ
花袋、トイイ
　　読ミキリノページノナカデ
転身スル行間ノミチヲ無視する平成ノヒトヲ

トガメヌ神々ガイヨウトモ傲慢ナジンルイハ
ミハテヌユメニ死ヌノダ」

「夏鳥」「冬鳥」はむろん、
ねんがら年中、同一地域にいる「留鳥」。
夏はすずしい山地で繁殖し、
　冬には平地へ移動する「漂鳥」。
このほか日本列島にあやまって飛んできた「迷鳥」。
年々ふえて古いきおくの回路はすっかり捏造にまみれるだろう
きみひとりの弁解もききとることできず
想像以上にさむい
読み囓りの本をとじる
まだしおりもみつからない

ある風景

……風景画はいちまいの祈りである。というのはあまりにも即物的であり、また短絡的な切り口でしかないのは有名な絵画をみてもわかる。とうとつとはいえ、ミレーの「落穂拾い」や「晩鐘」を連想させたりもして、われわれ現代人の、慢性的な疲労度によっては他者を気遣うといったちいさな意志の強度というよりはおよそ安易で無防備な発想だといわれてもしかたがないだろうか……。

……そのように嗤う風景画がいちまいの祈りである。広大無辺な精神の襞という襞に、あやうく染みついている未生以前の人類の追憶その足跡でもある、ありもしない思慕によって……。

それが、
われわれの不幸の時代のはじまりと、
おくびにもださず、口を
拭って生きのびてきた一億年以上のいのちの誕生を持つ鳥類。
人類の最初の誕生の契機に
たとえてフロイトの口唇期から男根期にかけての観念。
両親のあいだをながれる小川の喩えは寝相の
悪い想像力の脆弱ないのちの迷彩でしかなく、
おおくの負の記号と
あんいにむすびつく村落の
一面に覆っていた時代のことを、
ただ無視する街区もあって
復讐の連鎖が世界をならくにつきおとす

怨念の深いざんげでもあった。

それが、
大正から昭和の初年。
江戸川乱歩の探偵が都内のしたまちを徘徊した
ゆうつな都会の感情をふかくしづめる
猟期的な事件に導かれた
民衆はやがて世界大戦へと傾いていった
という発想が途方もなく悲しい。

……その色紙はいちまいの祈りである。
「ほしかれいのやくにおいがする／ふるさとのさびしいひるめし時だ」と記した文字の律儀で細い筆の切ない震えは、誰れにもまねのできないことがわかった今も振り返る「朔太郎、犀星の抒情詩にみられたような自然への抵抗もここには全くなく風物と人がひとつに解け合って肯定と調和に始終している」と、その詩が風景に近づくことはどこか、逃避的な感性……、おそらく民衆はやがては目覚めることになるのだ。だからいちまいの祈りである風景画の裏がわに偶然のように触れた人間性の暖かい歓びであるさめた雫も錯覚であるかと……。

＊鮎川信夫「詩の森文庫」(思潮社)の田中冬二についての引用より。

非黙

たぶんあの頃から渇水期とか農繁期などという、ある一定の期間の呼び習わすことば、その期間のはじまりから終わりまでに頻繁につかう語彙ではないにもかかわらず普遍的なイメージを想像させて、うつりかわる季節にむすびつけてかんがえるくせ、どこか無意識にちかい手法をいつごろ手にいれたのか、ぼくのなかでは秘文のように声をださずにあれこれ思いめぐらすさびしい癖もあるにはあって一定の期間の呼び習わしということまでになぜか気になるときがある。

有史以来の人類が普遍的に分有しているというのはいささか大袈裟

で滑稽だが、成長期であれ衰退期であれ漠然と理解しているつもりの語彙やそのイメージが、確定のできないある一定の期間については、偶然のように時空に漂う不安なこころのなかへ、いきなり手を差しのべるような生ぬるい匿名性のことばの出現によっても必然という逃げみちをさがしていたようにおもう。一体ぼくは何を見て何を語ろうとしていたのか。それは誰になんのために語らねばならないのか。自問自答の匿名性は人をうたぐり深くするから。ふと振りかえる幼い日々。あの得体のしれない物質や奇妙なオブジェばかりに足をすくわれながら見知らぬ朝にさまよいでることもあったあの雲一つないい真夏の青空の果て。まるでもう一つの宇宙がひとつというよりは数かぎりなくあるとでも教えられたような気になってもわず背のびをしていた無垢な想像力。それもまた夢の中である場合が多く、おそらく無垢な想像力の夢は幽霊とおなじか、あるいはあることないこと見しらぬことまで見しったように話してくれる圧倒的な饒舌の世界を演出する怖いものだと、真冬の日本海に沈むみごとなまでの深紅の夕陽、そのわずか一瞬のできごと。まるで幽霊への郷愁が生まれる前にどこかで出会っているからかも知れない記憶のすみの出来事があっても、無闇に他人には語ってはいけないということまでも教えてくれた冬のひとよ。

いま振り返る「冬の人には、口がない。だからうそもいえない。」と書いてあった謎めいた彼の最後の手紙の本当の意味など考えても無駄なことだろう。と思いながらどんな状態にあるひとの比喩なのか、それが彼の父のある状態を譬えていたようにも読めるし、九十歳ちかい祖母の介護に関係のあることかもしれない、とはいえぼくにはほんとうはどうでもよかった。なぜならもうすぐ懐かしい天空から冬のひと、という声にならない比喩の破片がふりしきることをしっているから。

冬の空は不思議と心の中の不安を具現化する。そんな錯覚が好きだから、あてにしない予報が的中して季節を先取りしたのもけさの雪か。けさも雪は、黒い瓦屋根いちめんを白く塗り替えて銀箔をまぶしたように眩しく反射している。このまぶしさもまだ氷柱がのびる寒冷時までの寒さにはいたっていない証しだ。

やねをしたたる雫の感覚があまくゆったりしすぎていて、冬本番はまだまだ先の話だ。ただ、空中をまうものの、宇宙塵ではないがちりと水分の結合物に、凍える命と命の結晶のありかを辞書風にかんがえるよりは冬をいきる動植物の生命にやどる強靱な類語のたすけを求めたりしたこともたしかにあったが、救済ではない。援助でない。幻想ではない。絶望ではない。偽善ではない。あくまでも虚構は虚構。想像は想像。どこまで行っても過渡期でしかない詩文のかぼそい生命体をおもう。

不意に訪れる朝の寒さは、ぼくをふりむかせる。訳もなくふりむかせる過去の出来事。それも他者に対して丁寧な対応というよりさりげないこころくばりができていないと叱ってくれた祖父のことが、なぜいまごろたいせつなことのようによみがえってきたのか。振りむく観念の朝のしろい小径で思う、寒い時代の片隅を祖父もその天空からよくみえるのか。ありもしない内側の世界をだらだら書き連ねることが美しさへの過渡期とはいわない。いまさらながら過渡期とは、単なる動植物が生まれてから死ぬまでという、みじかい一生の期間の比喩であるかも知れない。

雪が降っているいま、循環する季節を祷るように見つめている農夫のしんけんな眼にはなにがうつっているのだろう。ぼくらはすでに豪雪で車も列車も動かず、移動できない心と身体の苦痛をなんどとなく味わってきた。むしろ定住することと移動することを比べる観念の無意味さ。それでもここにとどまるわけにはいけない。そんな思考の移動は、移動することは生きることだから。男になり女になり子供になり大人になり、時には鉱物の振りまでして人は小さな死を繰りかえし繰りかえし生きのびてきたのだろうか。今朝はわが家の庭のかたすみで何かをたしかめるように、男はわざと放尿するそのあとのうす黄色い棒線のさみいしさを知るだけか。そうさ、光りや音はいたずら者だから。録音したテープをまわしたときのノイズではない他者の声が録音されていても不思議ではない、あのムンクの叫びの画の背景にくっきり映って見えるという霊について彼は真面目にかたってくれた。その真剣な表情からして否定できなかった。だからといって、一枚の写真が時代の波にもまれて被写体の男どもを数人も処刑した国家の力とはなんなのか。

確かに無謀にも検挙されたかれら「冬のひとには口がなかった」。というよりは口を封じられた時代の悲劇であった。時の権力者によって繰りかえされる歴史（過去）をふりかえるだけで当時のことは実際にはしらないながら、ぼくの力のなさを確認するだけだったがかつての「横浜事件」のたった一枚の写真に映っていたという、ただそれだけで処刑を被った無残な人々の無念さを今更ながら感じないわけにはいかない。無実でこの世を去った人の無念な悲しみの憤怒はこの世の隅に染みついていないともいいきれない。饒舌な心霊写真はみたことがないが、写真そのものを呈示する真実性には疑惑が時間の傷のようにまとわりついているからにちがいない。

カミナリ・オロシと悲傷

——瀧口修造の〈星砂〉をめぐって

古書店で見付けたぼくにとっては、まさに夢の本であった。ここには、浅草と新宿というふたつの街が、夢みる現場のように現れる。銀座や渋谷ではない、まして六本木や赤坂、麻布界隈ではない。だが偶然のようにふたつの限定されたこの場所は、あたかも取りかえしのつかない未生の夢が降る街であるかのように、作者の創造の現場をうつしだすからだろうか。胸躍らせて頁をめくった。

そこには「星と砂と」いう物質の夢。鳥や植物という儚い命がかがやく夢。あるいは「現れる自然、消える自然」の中で生きぬく人間たち。おそらく私たちの綱渡りのような「存在証明と不在証明」の接線をみつめながら、その可能性を問うのだけれど。「あの頃は、カミナリ・オロシが空へ舞いあがったものだ」と思わせる仲見世での懐かしい夢から覚めて、いきなり、太平洋戦争でついに還らなかった若い画家の大塚耕一を偲びながら「彼はなぜ最後に、淡いタッチで、誰も乗らない自転車など描いたのか。」と、書きしるす。この詩集の中の作者の湿り気のない乾いた言葉はどこからくるのか。

肯定も否定もせず、ただ中間項であろうとするかのような留保という思惟による不断の思索。さらに、星も砂もたんなる物質ではないもう一つの輝かしい生命体でもあるかのようにその語源を科学的に探ろうとする。言葉に絶体の純度を求めてやまない意志の強さあるいは脆さが光源化するのだ。「星または石」というこの言葉の強度な透明感は「肉眼の夢」ではけっして見えないものかもしれない。

地上に墜ちてくる鳩や雀を目撃することはあっても、それはまれであり「彼らは、どこへ、みずから姿を消すのか。自らの死を隠すかのように」確かに自然の死の姿は私たちには見えない、まるでだれかの手によって隠されているかのようにだ。あるいは「枯葉は植物の部分死か！」この一行の向こうに自然の摂理を超えて見えてくるものがあるのだろうか。

「時間を領有することのできぬ人間が空間を領有することができるか？」という問は、なぜか問のままである。はじめから答を求めない問。それは、かつて世界の時空間の中で沈黙を強いられた自由という束縛の恐怖から永遠に逃れられないといった悲しみのせいか。作者が「新宿の地下道で、与論島のスター・サンド（星砂）といって、学生風の男から、一摘みの白っぽい砂らしいものを買った。私はこうしたものの存在も名前すら知らなかった。」と、帰宅して半信半疑ながら星型の微粒を顕微鏡で見ておどろく。「この骨片のような星形」の存在に無言の衝撃を受ける。そして、そこから無限のように思惟が発展していくのだ。

「星砂」はその形状や存在について訪

問客のたれかれとなく話題にするが、確かなことは分からず、意を決して科学博物館に訊く。「これは海中に住む原生動物の一腫で、有孔虫目で単細胞のアメーバの類の残骸、という」その正体が分かる。ぼくもアメーバの残骸には驚いた。ところで、「星砂」というのは「生物学的事実から離れていわば抽象的俗名なのである」といった発見が古生代以前から生存している生物であることへの驚きと尊厳めいたものを感じさせる。この連想から、星が五の鋭角もつ、ひとでの五本の手のように。人の手を想起させる理由を問いながら人は己の掌に星をよむ。まるでこの世に生まれたことの意味を問い、その運命をかぎわけようとする不安な意志のようにもみえ、文字の最も古い範疇にはいるシュメールの初期の楔方文字に原型があったことをたしかめる。印刷のアステリスク（＊）は、その果ての痕跡かと、思う。

だから（＊）は、天体の興亡を象徴したものにすぎず、魔術や幾何学とのどのような抱合いであったか。「カミナリ・オロシ」を愛した作者は「符号や象徴の迷路に好んで踏み込むのは私の本意ではない。ただ発生の現場に引きつけられるだけである」と告げるのみ。作者は言葉を記述する行為において同時に言葉を殺戮するという、おおきな矛盾と背理のなかで生きぬいてきたのであったか。「人間は砂になれるか。」確かに「人砂」とはいわない。

人の砂とはいえても。「人砂」というには言葉の歳月があまりにもたりないのではないか。骨を粉々に砕き、風雪に晒したところで、星砂とは違って、きっと、膨大な歳月の光と影の交接が必要なのだ。作者の言語活動は、だからどこかに闘うものの知的な輝きが、不断のまぶしさが、現前せしめるゆいつの手だてとなるのだろう。それはことばがことばで復讐することの不可能な状態、絶体への志向を秘めて。悲傷のイージから逃れることができない。

希求の爪

その影は
人の重さを
忠実に
支え、なぞりながら
自らの存在は
主張しない

むろん影は

いのちの明暗を
あばきたてることより
見えないものの
在処を
焼きつけてはなさない

影があって
ものは息づいている
単純なしくみは
悲鳴の的になりやすく
あえて見ない
見えない影の悲哀を
色濃く映す

夏の影、
灼熱の影は
思いがけない暴動の
影の乱闘か
全世界の果ての砂漠までも
つづく手足の爪の血の
跡、
の影まで

その悲鳴が
漂白剤を求め
自傷的な行動を
支え、
なぞりながら
死者を見送る花火の影も

闇を焦がし
生きて別れる
肉親たちの骨をばらまく

白蓮

ものがたりの枠から外れると
もう、日暮れである
午後にひらいたページの
深い水辺の辺りをさまよい
読みいそいだ習性を抜け
古い椅子に凭れて
一つだけ読めない文字のあった無念さが
私を振り向かせる
悔いとは、日々生きのびる

おぞましい記憶のなりそこないではない

あの日、飛べなくなり歩けなくなり立てなくなって、
ついに死んだわが家の文鳥の
時間のしっぽだろうか
夕陽に染まる
記憶のなかの白々しい影が
おとなしく目立たない過去へと退廃するとして
黄泉までの、時間のしっぽを
つかまえる気力もなく
生まれる前のずっと深い記憶の底までは
誰かと連れだてるとも思わない

他人はいつか風景のなかの影となって

ただ白々しく匂うだけ
私という世界は、ものさびしく美しい欺瞞を遠目に
換気扇から生まれる歯ぎしり
立ち上る霊気
横へ横へと流れる視線のさきで
皿のうえの水蜜桃の産毛をなぎ倒し
日々ちらかす他人同士の
断片を生きのびているかのような
庭先の　白蓮の葉の深い眠り

冥府

それでも守られている
拒んだり、蔑んだりせず、和めという
仇にならない親和性から
距離を置いてきたが、
裏の庭のサルビアの血が
今朝は鮮明に飛び込んでくる
肉親すべてを失った身に

いっきに、観念の距離をまたぐ淋しさ
今日もぼくは淋しい（といってみる、
みえない鮮血がながれるのか（世界のどこかでは、
普段は忘れていながら
不要な時か
不適切な折りばかり出現する
男は孤独が支えだから

当てにならないのは他人ではないぼくのなかのなにか、
観念の距離をまたぐ失敗で、同じ轍を踏む
似たようなしくじり、孤独の思想に対話も無くて
（ぶきっちょだからね、
ならないようにさえならない世界
見上げれば
超高層ビルの中の冥府という非望が

あとがきにかえて

三、四年前から現在までに書いた作品をよせ集めて、ここに二一編を納めました。一部改題し、加筆した作品もあります。いま、ふと立ち止まって振り返ると、なぜか大切な知人友人のほとんどが地上から立ち去っていることに驚き、いまさらながら自らの年齢も顧みずに取り返しのつかない生死として、本集のところどころにとっぴょうしもない醜態をさらけだしているのではないかと、危惧しています。

本集の制作にあたっては、七月堂の社主知念明子さまをはじめ編集の岡島星慈さま、また装幀の伊勢功治さまには、あらためて深く感謝いたします。

筆者

幻の光の中で

二〇一七年四月二三日　発行

著　者　田中　勲

発行者　知念　明子

発行所　七　月　堂

〒一五六―〇〇四三　東京都世田谷区松原二―二六―六
電話　〇三―三三二五―五七一七
FAX　〇三―三三二五―五七三一

印　刷　タイヨー美術印刷

製　本　井関製本

Printed in Japan
ISBN 978-4-87944-262-8 C0092